氣味島

Aroma Island

伊日美學

前言——

尋找台灣新味道

如果有人問你，記憶中，這座島嶼上哪種味道讓你印象最深刻，你會怎麼回答？

從南到北的各式攤販，不僅兜售著廉價的飽足感，更是台灣最特有的氣味劇場；鹽酥雞攤剛爆香的九層塔、蚵仔麵線上的香菜、淋在臭豆腐上的蒜汁、刀削牛肉麵旁那一大碗香氣濃郁的酸菜；六合夜市的，基隆廟口的，士林夜市的，金錢的流動交易中，除了鈔票味外，還牽扯出一些關於童年的味道；你一邊打著香腸，一邊認真地說著，阮攏是呷這大漢耶。

你從無線衛星的那頭，大西洋的邊上，看到了某電視台正在介紹台灣傳統技藝——箍木桶。你告訴我，你哭了。因為，你彷彿看到小時候光著屁股坐在大大的檜木桶裡的情境。那是個艱苦的年代。你記得你阿嬤得燒著一大壺的熱水，然後，一瓢瓢舀進大桶裡，冉冉上昇的水蒸氣與台灣檜木的幽靜清新，混合成一種幸福的氣味，那是你多年後再也尋不到的。

年節，你照例走了趟人擠人的迪化街，老遠便聞到一股青草茶的味道自簷廊下飄來，那是一家有故事的青草店。你買了杯青草茶，開始說起了故事。你告訴我，在你還是小朋友時，家附近就有一家青草茶的店。有一回，你和你的小女朋友約了一起走路回家，你壓根沒想到有人會對青草過敏，你和她才正高高興興地拐進巷子口，她便開始流眼淚，起初你以為是誰讓她不開心，或是有甚麼東西飛進她眼睛裡，著急地走也不是，不走也不是，哪裡想到是對青草過敏。就在要到家門口的時候，她眼睛已經腫得跟核桃一樣。沒辦法，你衹好帶她去醫院掛急診；後來，你依稀記得她一直流眼淚，一直哭，一直哭。於是，你說現在衹要聞到青草茶的味道，就會有種淡淡的傷心自鼻翼竄起。

你告訴我，你非常喜愛那種用小刀一片片削著鉛筆的感覺。那是小時候的記憶，你那溫婉的母親總是在一盞晃呀晃日立六十瓦的燈泡下，為你家幾個要上小學的孩子慢慢、慢慢地削出一枝枝漂亮的鉛筆。你說，你喜歡用衛生紙將削下來的木屑包起來，塞進印著科學小飛俠的鐵製鉛筆盒，上課上到打哈欠時，翻出來聞一聞……在訴說這段往事的時候，我彷彿在你眼中瞥見那盞鵝黃色的燈影，晃呀晃的，盈盈的。我終於瞭解你為甚麼蒐集了那麼多的鉛筆。而且，堅持不用刨鉛筆機。

你笑著說，學生時代，你常翹課一個人騎車去坪林，曬曬太陽、聞聞茶香，你說聞到那根著於大地的味道，就有種幸福得想要哭泣的感覺。我想，我懂。這就像是聞到虹吸式咖啡機餾出來醇郁的咖啡香，我就能忘記所有的不愉快一樣。

你從一個緯度很高的地方回來，在二月初春寒料峭的季節裡，你祇穿了件背心短褲，而我則是鋪棉外套外加圍巾，因為聽說有寒流來襲。暖冬的季節讓山櫻花與杜鵑提早了時序綻放，我還看到了木棉花烈燄似的站在枝頭上。

在沒人拿香的國度裡生活久了，你早忘了關於祭祖或焚香。你拉著我要我帶你去趟三峽祖師廟，去看看印象中已然頹圮的老街與廟門口那只大爐裡鼎盛的香火。我看著你以虔敬的模樣拈香祭拜，想著就算你護照的顏色跟我的不再是一樣，但是，在我眼前的你，還是一個道地台灣囡仔。

偷偷地想，關於一張氣味的地圖該如何描摹。你或妳在座標上或輕或重地按下了戳印，一圈圈的紋路是歲月的沉積，味道是個多麼抽象的詞彙，而我要如何在分明的地圖內用抽象的氣味來形塑這塊你我生於斯長於斯的土地；我要如何跳脫「我」來書寫這島上的群體記憶，我選擇以說故事的方法，來告訴你發生在你我周遭由氣味所牽動的記憶，這便是福爾摩沙最美麗的芳香地圖。

Content_01 Top Notes

前調

Content_02 Middle Notes

{主調}

Content_03 Base Notes

{底調}

145

音樂製作人　王治平

音樂般，
具有跌宕轉折的情感衝擊

149

古典音樂雜誌發行人　孫家璁

即使無法想起，
依然是重重堆疊的懷念

153

生活美學家　謝小曼

細微而豐富，
是一種想念

169

建築學者　顏忠賢

混合了所有童年時光
荏苒餘緒的香氣

173

新聞主播　陳雅琳

永遠也忘不了
災區那碗粥的淡淡米香

177

節目主持人　何戎

淡淡餘味，
就像親情延伸出的愛

Lemon

A straightforward sour fragrance makes its way into your nose,
lingering all about. Lemon finds its place between rationality and sensuality,
Expressing the spirit of youth through a clean and tidy scent

Mandarin Red

Rich, full, sweet, and gentle-the early morning dew drop, and the pure shining moon in the night sky. Gliding smoothly around your heart, Mandarin is kind, merciful, and yet inspiring.

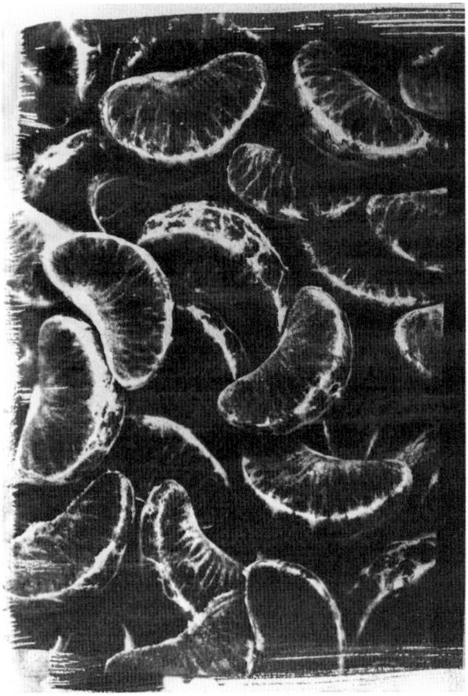

Bergamot

A slightly sour and astringent first impression, hiding a light sweetness behind a mature charm. Youthful but not naive, energetic yet low-key, Bergamot provides quietly supports and nurtures.

Content_01 Top Notes

前調

迎面撲來的乍然驚喜，
是靜默中突然拔起清亮高音，
清新、振奮，甚至引人入勝，
卻是那麼稍縱即逝……

導演　陳宏一

想像浮翩又逐漸具體，充滿巧妙串連

擅長處理影像的靈魂，與能夠出神入化使用香氣的人，似乎都同樣擁有精準掌握五感、編織連篇想像的能力。導演陳宏一執導MTV多年，之後更跨足電影，穿梭在歌曲、故事與畫面的交錯連結之間，大概沒有人比他更懂如何將「視感情緒」蔓延拓展了。

「不管你信不信，我在工作上、在創作裡，都時常採用了氣味。」對陳宏一而言，味道是他藉以溝通的關鍵元素，無論是與演員的溝通——幫助他們表演到位，抑或是與觀看者的溝通。所以說，在處理影像之前，味道可以說是他重要也擅用的媒介。

而氣味對他來說，也不只是氣味。陳宏一提起曾經接拍的一則洗衣精廣告，當時他的首要直覺是，與其要和其他廣告同樣強調性能和外型，不如以「衣物洗後清新」的表現概念，由影像去組合出氣味，再由氣味傳達出這種感覺。而這感官性的意識型態，從畫面、味道到想像，一氣呵成，溫和而迂迴地擊中現代人的需求與渴切。

「氣味可以表現出一個東西的內在與外在、過去和未來，從輪廓到靈魂，想像浮翩又逐漸具體，而且有情緒，也有轉折，所以我不認為畫面和味道有太大距離，反而充滿巧妙的串連。」氣味之於陳宏一，是想像的開端，是時空之門的鑰匙，讓人穿梭自如。而這或許也正可以解釋他為什麼對於人身上的氣味特別敏感、為何熱衷欣賞來自各國的香水廣告——因為一旦聞見了，就可以透過氣味追蹤到某個人的故事，以嗅覺沿著鼻腔，進入思緒，讓華美而充滿意境的畫面迸發出來，猶如瞇著眼窺探萬花筒，世界一片多采多姿。

在氣味空間中，享受如詩一片

綠生活作家　林黛玲

如同她筆下樸質、真誠的文字，著有《老屋綠改造》、《好感辦公室》，這幾年專心書寫綠生活書籍的作家林黛羚，最喜歡的氣味莫過於木頭味，**「在杉木、檜木、松木、檀香的氣味中，會覺得很放鬆。」**在家寫作的時候，嗅得滿屋洋溢的淡淡木頭香，總讓自己覺得很有安全感，林黛羚說。

也研究香道，喜歡體驗不同的香氣，林黛羚發覺自己對花香特別敏感，甚至會害怕超市的水果氣味，**「但我發覺，我不會怕自然農法的水果氣味。」**研究香道，也開啟了她對嗅覺的覺知能力，甚至在氣味的引領下，林黛羚腦海中很自然地會出現顏色與空間的知覺狀態，**「在碧綠色的世界裡，是陽光、空氣與水的透光性，這來自於沉木的味道。而在花香的世界**

中，立刻能聯想到粉紅色，嗅聞桂花時，就有置身於霧中的感覺，並且會冒出小徑的畫面。」

從木頭的香味到畫面，林黛羚在氣味空間中，開始懂得享受片刻；她發覺，每件事情的發生都是獨一無二的，「抱持著這樣的想法，所有的東西都與你有同質性，在林中散步的時候，有時候會有種空間已在內心當中的錯覺。」

林黛羚對於綠生活的熱情始終不減，她期待老建築能有新生命，並深深期待更多人喜愛綠生活，「如果能不需要等到返鄉或退休，就可以把夢想放進現在，在此刻就過著想要的生活，每個人都在城市中減少二氧化碳的排放，就能讓都市生活更美好。」或許，這就是她在氣味、畫面、空間的啟發之中，所得到的美好心靈果實，如詩一片。

導演&編劇 杜政哲

喜歡的味道
就像戀上一個人……

看牙醫是大多數人不願回憶的痛苦回憶，會引發聯想的氣味，大概也避之唯恐不及。但杜政哲卻情有獨鍾，「如果有一種很像牙醫味道的產品，我一定會買！因為那會讓我在寫作時，充滿提神作用！」

杜政哲，是被譽為偶像劇先驅柴智屏的御用編劇，曾以電視劇《光陰的故事》、《我可能不會愛你》入圍金鐘獎最佳編劇，以及同行都額手稱讚的《深情密碼》、《刺蝟男孩》、《16個夏天》。這位擅長以貼近生活的通俗化語言，甚至以自身經驗為本的超級編劇，有著創作者通常具備的一種小任性——或者稱之為「堅持」。對於氣味，當然也有自己的偏好。

一直也是精油愛用者的杜政哲說，他喜歡檸檬、薄荷、香茅、迷迭香、冷杉的精油，**「喜歡某種味道，就像戀愛一樣，喜歡某一款人，就會一直被那一種人吸引，只會對這類型的人心動！即使別人說，還有其他選擇啊，可是你就覺得那不是你的菜，不想吃！」**或許就是這樣的「堅持」，才會如此琢磨，寫出一部又一部動人的劇本吧！

而對冷杉、檸檬、薄荷……這類精油的喜愛，他認為，可能跟自己寫作有關，**「寫作的時候，我會用水氧機，滴入精油後，空氣中飄散著這些味道，精神就會特別好，有Fresh的感覺，這對我的工作很有幫助。」**氣味很私人，也非常主觀，不只刺激回憶，也喚醒感官，所以對杜政哲來說，精油的氣味其實並不會對創作靈感有所幫助或刺激，而是生理上的幫助，也就是將包括嗅覺在內的身體感官打開，對寫作而言，就是最佳狀態了。

模特兒&演員　姚元浩

合歡山上，薄荷般清冷的第一口空氣

談到姚元浩，除了模特兒和演員的身份以外，也是演藝圈少數與衝浪連結極深的名字，甚至在東區小巷內開設一家名為「O'NEILL」的店，親手打造接近大海的夢想。

「**大約六年多前我開始接觸衝浪，**」談到衝浪這話題，姚元浩眼神閃閃發光，「**自己都沒想到會著迷成這樣，直到現在，我的生活到處都是『衝浪』這兩個字，甚至連電腦一打開，都會立刻連結到各國的氣象、潮汐網頁。**」沉溺於大海還不夠，他也接下「MIT台灣誌」主持工作。也因此，原以為海水就是整個台灣了，又海又山的生活終於讓他明白，真正屬於台灣的氣味，其實是山與海的混合，「**以前不懂為什麼人家說台灣是寶島？明明就這麼小一個島，可是後來跑的地方多了，接**

觸到完全不同環境，思想也完全不同了。當我爬上一座山，迎面而來的是吹上峭壁的海風，我才曉得，原來台灣就是一種自然交錯的純粹。」

一天，在下了最後一場冬雪的合歡山上出外景，白茫茫的世界裡，什麼都結冰了，連要起身站立，也得扳動腳趾，以避免凍僵，姚元浩當下感到不可思議，「可是，當我鑽出帳篷，聞到清晨的第一口空氣，清新冰冷的感覺就像薄荷，讓我永生難忘！」

愈往自然走，愈有崇敬之心、更時刻充滿感激，「真正親近大海的人，不會想要去『征服』它，你怎麼征服啊？你怎麼能夠想像自己去征服呢？人在她面前渺小得像螞蟻一樣！」所以在海水裡的姚元浩學會絕對的從容虔誠，心境的轉變，也讓他改掉以往日夜顛倒的生活型態，甚至喜歡上檀香的平靜祥和，讓他他更有能量，更有想法。曬得一身黝黑，散發Sunny boy氣息的姚元浩，不僅衝浪，也開始關注海灘生態，並努力感染其他朋友共同身體力行，每到海邊就撿一次垃圾，「我心中的台灣應該有山有海，有美麗的風景，大海髒了是沒有辦法恢復的，所以，雖然一個人的力量很小，可是我會持續做下去。」

音樂人　陳珊妮

尋覓單純中
無欲無求的滿分氣息

昏暗的咖啡館內，黑色鴨舌帽和她墨般的短髮幾乎融為一體，纖細而白得彷彿可以透光的手指凌空揮動著。

或許因為長期觸碰的音樂也需要投注大量感官知覺，陳珊妮對於嗅覺也同樣敏感，不過，就如同她的耳朵一般，好惡分明，「我喜歡出太陽的好天氣，看得見光的那種，所以我對下雨的氣味很敏感，還有海邊……」她瞥了窗外陰雨的態勢，提到一起床就下了滂沱大雨，很讓她沮喪，「晴天的味道……啊，那應該就像剛曬好棉被的感覺吧？雖然這樣形容很老套。」

外表清冷、直言的她，看起來總是強勢無隙，事實上，她卻也是個習慣將自己包裹在熟悉的氣味之中，藉以尋求安全感的人；那種卸下所有侵略、淡然柔和的莓果香，讓她還像個小女孩似的依戀著Anna Sui的香水，甚至習於在打掃整個空間之後，在空氣中灑滿這樣的氣味做為結束。儀式般，她愛那樣噴灑的動作，愛將自己沐浴在氣味之下。味道對她而言，是親暱的一種習慣，甚至到現在，她都還在使用氣味最單純的痱子粉——只要她在乎的，無論多久都不會離棄，**「老實說，我喜歡的東西很狹隘，不過，一旦喜歡上了就放不開。」**所以她的鼻間能在瞬間刪除所有不在乎的，在乎了，卻是閉上眼睛也能感受到。

談起每次挑選要在家擴香的精油，總要經歷一回回暈頭轉向的魔咒之旅，聽著銷售人員不停覆誦著的種種成份名稱……然而，只要在漫天飛舞的陌生字眼中依稀聽到「佛手柑」，便像得到護身符般地開心了，因為這三個字是「喜愛」的代名詞。即使，尚未尋找到讓她停止流連的香氣，陳珊妮依然希望能夠嗅見那單純之中無欲無求的滿分氣息。

迷走在皺摺間的氣味想像裡

女性主義作家 張小虹

回憶起氣味在生活中所扮演的角色，台大教授張小虹發現，自己對嗅覺的敏感度低，自嘲是「後知後覺」型，「長大後我才記起兒時眷村七里香的氣味，我總要遠離很久後，才發現氣味曾存在我的生命中。」甚至也發現，原來氣味常為她扮演起安定性力量。透過這樣的反思，張小虹發覺自己原來有很好的眼睛，卻沒有很好的「鼻子」；關於嗅覺，她和大多數人一樣，都屬於「正在開發當中」。但即便如此，生活與回憶裡，卻還是充滿著廣義的芳香療法——以氣味創造生活的美好，以氣味帶動想像。

每一天，張小虹都會在家中擺上新鮮的水果與花朵：外表華麗的香水百合，有著雅致的甜美香氣，有時她也偏好梔子花的清新淡雅，而談起桃子或芒果的濃郁果香，張小虹溫柔的眼神隨即閃閃發光，彷彿可以看見果香氣息為她帶來的美好感受。

她也會透過氣味，讓嗅覺去帶動聯想力。

張小虹有蒐藏老衣服的習慣，而不同型款的服裝就有著不同的香氣，**「我聞到香粉的味道，彷彿可以想像歐洲老太太的生活畫面」**，依循著氣味，在蒐藏的歐洲老衣服中，張小虹也迷走在皺摺間所散發幽幽氣味的故事想像裡。

天才主廚　王嘉平

採集氣味，並成為信仰

柏克萊大學空間設計研究所畢業後，原本是上班族的王嘉平，對義大利菜情有獨鍾，卅三歲決定轉行。

非科班出身，卻被譽為天才主廚，王嘉平被美食家韓良露評為「具有米其林星級水準」的主廚，食材達人徐仲也曾說過，他是台灣唯一為瞭解義大利料理，而跑遍義大利的台灣廚師。王嘉平自己則說，他能看食譜書就模擬出氣味，但也坦言，那其實只是一種想像的氣味狀態，所以，為了採集真正的氣味，他決定親自走訪義大利，讓記憶真實喜愛氣味，並成為信仰，而採集回來的氣味，則成為他藉由食物，傳達情感的一部分。

回憶起最初的氣味，王嘉平懷念早逝父親的髮油氣息，以及母親在端午節包粽子的氣味。從小就吃好、喝好的他回憶，幼時家中母親所包的粽子，充滿著干貝、香菇、大塊肉，至今，即使閉上眼，都還鮮明在眼前。大學就讀東海的時候，王嘉平則迷戀上黑膠唱片行的氣味，而在黑膠唱片的氣息中，更有他追女友的甜蜜回憶。

強調經典、追求傳統，為氣味著迷的王嘉平說，「**我喜歡氣味，尤其是喜歡簡單的組合**」，對於飲食中的嗅覺，王嘉平也有自己的想法，「**不是所有的菜色都需要傳遞嗅覺，譬如冷湯，但透過嗅覺，卻可以讓人知道即將要發生的事情。**」

美女主廚 Joanna 劉韋彤

以氣味記憶 當下感受

「在嗅聞的那一刻，我希望自己能成為作者，去感受或被說服在氣味中。」

Joanna劉韋彤因為喜愛料理，卅歲那年放下一切，前往加州的藍帶廚藝學校學習料理；十五個月後，在加州的一家米其林餐廳展開廚師工作。之後回到台灣，成立了料理部落格，以創意和對料理的熱情，與喜愛美食的網友分享、交流彼此的經驗。她說，**「我經常用氣味記憶食物，並且記憶料理中的感覺。」**

身為美食料理者，Joanna和大多數廚師一樣，下廚時絕對不使用香水，以免影響嗅覺，但她卻堅持以氣味作為食物的記憶，「就算是認識的食材，拿在手上，我也會不自覺地嗅聞一下，除了判斷食材本身的新鮮度，也想以味道記憶當下的感受。」

Joanna出生富裕家庭，兒時最早的氣味記憶，就來自母親所使用的名牌香水，「我有一個小毯子，充滿著母親很貴婦的香水味，而這種乾淨、清爽的花香味，讓我很有安全感。」母親的香水味在她小時候扮演了很重要的安定感。長大後在國外學習料理，遍嚐各式美食，卻獨愛台灣傳統市場的味道，「在國外的時候，我非常想念台灣菜市場的味道，那種新鮮的肉類氣味，讓我覺得好有人情味。」

根源於生活、植基於經驗的自然味

水木書苑　蘇至弘

要談所謂「書香」，蘇至弘大概是最有資格的人選之一；還在就讀歷史研究所時期，就因為家裡收回了租給外人的一個書店店面，他毅然承接下來，以自己的人文社會學科背景，以及對古典音樂的喜愛，在現今很夯的「獨立書店」一詞未出現之前，就經營了一家別具特色的書店，是當年以理工系所掛帥的清華、交大學生很重要的一處心靈補給站。

嗅覺與生俱來，而氣味的迷惑力也常在於，可以無所不在，可以超越形式、跨越界限，為具象世界和另一個不具形體的世界提供一種交換的方式，也讓彼此產生深沉的連結。對蘇至弘來說，他比較能感知的氣味，其實是大自然裡的芬芳，比如爬山時候，走進蓊鬱森林，參天檜木那清雅、沉靜的芬多精直沁鼻息心肺；也像散步海邊，渾身浸潤、吹襲著混雜了淡淡的魚腥、鹹鹹的海水，卻又開闊遼遠的海的氣味；以及，他成長過程中，生活在菜市場邊，「**雖然也是混合的氣味，但每一種東西的味道都很清楚，知道是哪一種來源。**」對於氣味，蘇至弘有種根源於生活、植基於切身經驗的務實感。

神經生理學家也說，嗅覺，會直接將生命和事物實體聯繫起來；身為一個閱讀者、一個書店老闆，「書香」或書店的氣味對蘇至弘而言，更多是形而上、抽象的氣味，「**在書店裡，是一種混合的味道，書的味道、或多或少沾染印刷油墨的紙張味，也可能是木頭書架子的味道、地板的氣味……當然，**

還有人的主觀意識的書店味道……」

接觸香氛，對蘇至弘是個嶄新的經驗，他認為，無論用文字或影像，都不能取代實際的親身體驗；或者，與人有所連結的氣味，比起純粹的調香，感受也會截然不同。氣味之於調香師，或許就如書本對蘇至弘，因為，「**書籍一直是自己和外界連結很重要的部分。**」傳遞並呈現知識完整面向的書籍，一直是蘇至弘理解、串聯這世界的一種強力媒介，「**透過書這個媒介，可以做很多不同事情。**」

導演&作家 劉梓潔

來自嗅覺的海鮮學分

從小生長在彰化田尾鄉間的劉梓潔，對於植物可一點也不陌生，她訴說著關於植物的記憶，談起在田埂間野菊花的香氣、豔陽下向日葵的朝氣，以及家門口的左手香所瀰漫著藥草味，彷彿歷歷如昨，她笑說，**「可能從小就跟植物很親近，所以後來才去學了芳香療法。」**

劉梓潔喜歡把氣味和食物綁在一起聯想，提起薄荷葉，她就想起了「薄荷葉煮蛋」這道治頭痛的獨特偏方菜單；提起了九層塔，她就想起了國中時代，第一次吃到鹽酥雞的難忘美味。植物的氣味、食物的美味，為她交織了童年生活的朗朗記憶。

從小每吃海鮮必過敏，長大後，因為體質變化，食用海鮮不再過敏，從而開啟了劉梓潔的「海鮮學分」，「**海鮮氣味開始被記憶，就是來自嗅覺的敏感**」，在泰國大啖海鮮，新鮮的檸檬清新味，配上蝦蟹的鮮甜海味，合併想像與記憶，彷彿自己正在大海中遨遊，每每回憶起來，就讓她覺得人生既美好又幸福。但她透露，以前因為對海鮮過敏，因此回想起鹹鹹的海風、海水味，都直接連結到黏膩濕癢。但由於過敏已意外痊癒，讓她快活地到處品嚐海味，甚至在研究芳香療法時，總希望「能在植物精油中找到海水的沁涼與滋養感」。

超級馬拉松運動員　林義傑

跑遍世界，想念的台灣家鄉味

二〇〇四年四月，來自台灣的一位超馬選手，帶著一面國旗，參加全長兩百五十公里，七天六夜的撒哈拉橫越賽，遭遇了當地廿五年來最大沙漠風暴，四十餘人一度失聯、腳趾甲掉了好幾片；完全沒有水喝，為了生存，只能咬破嘴唇喝滲出的血止渴，終於跑回終點，排名全球第十二，亞洲第一。

之後，這位身高僅一六五公分的運動員，在世界各國運動健將中，體型相對嬌小的跑者，卻陸續榮獲世界四大極地超級馬拉松巡迴賽大滿貫總冠軍，並發起擁抱絲路計畫、帶團隊穿越絲路等壯舉。

他，就是林義傑。

坐在自創品牌的運動服飾公司內，不改運動員本色，林義傑依然活力充沛。「**找我當調香評審？我是很好奇，怎會找我？**」但聞過過眾多參賽者的調香作品，林義傑腦海深處的氣味記憶也迅速被勾引出來，作品裡更有讓他聯想起DDT相關的幼時生活片段，「**小時候每星期總有一天，媽媽會在家裡噴殺蟲劑，噴完之後，將門窗緊閉，我們就出去外面公園走走路、打打球，回來再開窗戶，所有桌椅擦一遍。**」當然也有溫馨的，聯想起媽媽在整理、打掃房子時候的氣味。

對林義傑來說，最獨特的氣味經驗，還是跟運動有關，「**參加國際馬拉松，很多外國選手，他們體味重，夾在他們的狐臭之間，真的很恐怖！我會很害怕，有時他們的體味會重到**

讓人沒辦法呼吸，所以我都讓他們先跑。」

跑遍許多國家，林義傑發現，許多國家都有自己的氣味，其中最清新的，莫過於南北極，而台灣，則是最熟悉的「家鄉味」了！

Geranium

Initially smelling of fresh grass, further exploration reveals a full-bodied floral fragrance.
Some say Geranium is a Rose substitute,
But I believe it to be the incarnation of strength and bravery, representing itself uniquely

Neroli

From delicate white flowers comes a faint, subtle fragrance.
Neroli' s pure and unblemished appearance doesn' t conceal its utter charm,
Making it the perfect symbol and blessing for a new and happy marriage

A light, fresh scent with a hint of fragrant herbs,
Balancing delicately between masculine and feminine.
The ideal healing companion for sadness,
Lavender is the comforting shoulder for a delicate soul.

Lavender

主調

Content_*o*2

Middle Notes

悠揚的主旋律，
或者輕柔平和，或者高亢激昂，
或者悲傷小調，
總是落落大方，款款前行，
因為，我就是目光的焦點……

暢銷作家 女王

理性又感性，似有若無的個人符號

有著一張可人的臉孔，卻配上犀利、快節奏的筆調，以自信、幽默的觀點寫出新時代男女的兩性問題，快速從無名小站部落格竄起的女王，近來成為知名兩性作家，女王談起對氣味的想法，**「氣味就像是個人的符號，一種深遠的記憶，在兩性之間，更扮演著瞭解與溝通的意義。」**

女王從自己的故事說起，曾經有一段異國之戀的她，以木質調的香水化為遠距離思念的記憶，**「有段時間我偏好帶有藍色記憶的木質調香水，對我來說，嗅覺感受到的是一股安心的情感。」**男子遠在韓國，但木質調香味灑落在台灣的空氣時，一股心安的溫暖感受，卻彷彿讓女王能夠感受到對方就在她身邊。

女王笑說自己用香很有「心機」，為了讓男友記住自己的味道，又不帶有侵略性，她習慣在沐浴後，先塗上香氛乳液，再將同系列香水噴灑在頭髮內側。她偏好花香味，尤其是玫瑰，她說，**「玫瑰的雋永是經典，也是一種永遠不會出錯的氣味」**，讓自己如沐在花海間，卻又給人一種似有若無的夢幻氣息，這種如渾然天成的清淡花香，她稱為「**最高明的用香方式**」。

玫瑰，就如同女王的外衣一般，為她包裝出金星在雙魚座的柔軟特質；而迷迭香，卻猶如女王摩羯座的本質般。她十分迷戀清爽如迷迭香的味道，家中不時飄有迷迭香的氣味，這亦如她流洩在文章中的理性般，總飄有藥草類振奮人心的療癒情感。「**所以我認為，氣味是主觀的、是記憶的，但卻也**

是溝通與瞭解，既是共同記憶，也共同分享。」女王從兩性觀點切入，她認為男女朋友送香水是件很私密的事情，在選擇香味的同時，代表著兩人間的記憶形塑與共通性。

女王彷彿手握權杖論述氣味與兩性關係，卻又細膩地道出氣味和情感的關聯。如果說，花語是把最好的解密器，那麼或許玫瑰與迷迭香，這兩種渾然不同的植物，正為這個既理性又感性的女王解碼。

隨風覆面的柚花香，是記憶釀造的眷戀

音樂家　蘇顯達

「為了學習音樂，我從小就在法國，等於說，我從小就看遍這個美的世界。」

五歲開始習琴，大半輩子沒離開過琴弓與琴弦的小提琴家蘇顯達，周遊列國，手指觸碰音樂，而嗅覺則是讓來自異國的浪潮，慢慢湧入。或許因為在本質上，音樂與氣味是如此相似的兩種狀態，所以同樣都在這位音樂家腦海裡留下深刻記憶。

「國外，或者說異國，就和大家的想像一樣，到處都散發著濃烈氣息，無論是體味、香水味，還是整個國家的氛圍，都是如此，絕對有別於亞洲的清淡雅致。」因為自小就在異國生活，對於他思考模式與興趣喜好的養成，直接而深刻；最鍾愛的布拉格，是個人文薈萃、藝術豐富鼎盛的國度，也是音樂家都該走過一遭的所在，如果以氣味來比喻，他心中的布拉格，就像檀香那般沉穩、溫暖而內斂，又會在意想不到的時刻，峰迴路轉——如同構成小提琴的主體，雖然充滿木質調的溫潤，卻能夠迸射出激昂的樂曲。

雖然心中始終眷戀著檀香般的布拉格，卻也不曾一刻忘懷幼時走在老家山間小路上，那隨風覆面的柚花香味，「**我的老家在台南善化，那是個相當純樸和善的地方，每年三、四月，初春時節，四周的柚花香飄來，我覺得那個味道和台灣很像、很適切。**」無論是檀香般沉穩內斂的布拉格，抑或善化老家的柚花繽紛，記憶釀造的眷戀，伴隨著小提琴直入心底的樂音，是美，是生命的永恆了。

空白情書般，看不見的真實存在

導演　楊雅喆

電影《女朋友。男朋友》裡，每當女主角美寶情緒緊張時，男主角阿良就會摘一片芳樟的葉子讓美寶嗅吸，透過氣味，撫平美寶焦躁的情緒。熟悉芳香療法者，可能忍不住都會讚嘆導演的功力。事實上，導演楊雅喆卻坦白說，電影中的這個情節其實是誤打誤撞，他並不知道芳樟的療效，倒是因為自己從小對氣味敏感，才出現了這個橋段。

第一次拍攝與香氣有關的電影題材，楊雅喆感到相當有趣，這種留白香味的性質，一如電影中的空白情書一樣，可以玩弄的技巧令人回味，他說，「**香氣是有感覺的，卻無法令人立即解釋。**」遊走在氣味與影像間，楊雅喆認為，感覺並沒有正確性的問題，而是跟個人經驗有關。在電影的場景中，玉蘭花代表的是鄉愁、故鄉，從開場的玉蘭花棚掀起了男女主角十七歲的青春愛情故事，到電影後半場，畫面停格在路邊老婆婆手中所持的玉蘭花上。就在幾個串場的畫面中，楊雅喆首度透過看不見卻真實存在的氣味，企圖串起觀者腦海中的印象。

他說，**「這種運用香氣的手法，隱藏著相遇的情愫，我想運用畫面，呈現情感中的曖昧氣息。」**對楊雅喆來說，七里香聯想到白色小碎花裙子，桂花是夏秋的夜晚感受，秋天充滿著乾乾的蘆葦味道，至於餐桌上氣味的感受，則停留在焦焦的荷包蛋上。從小就對氣味感受靈敏的他，也能清楚嗅聞出不同植物氣息，一直到現在，還是很懷念家中院子裡的淡淡櫻花香。對於他來說，植物的畫面連結了氣味，也連結了小時候的感受。

希望未來在電影表達上，能有更多表達氣味的方向，他說，**「不一定是香氣，若是能傳遞出氣息，會是一件很有趣的事情。」**

作家　蔡逸君

因為無法複製，所以在筆觸無限延伸

「文學裡有一句話：『最早來到的，總是最晚離去。』」在蔡逸君的兒時記憶中，圍繞身邊的各種味道都令他難忘，「小時候，父母都在外地工作，我在彰化鄉下由奶奶扶養長大；記得很小很小時候，奶奶常把我背在背上去『洋菇寮』採收洋菇，那混合著堆肥的氣味，深藏在記憶裡，代表著祖母疼愛孫子，連工作都背著，以及童稚孫子依賴祖母的情感。」

「奶奶喜歡用桂花油梳理她的頭髮，當她背著我時，桂花油的味道清清淡淡地環繞著我……所以在我的記憶中，桂花油的香味，是一種美、一種好的氣味，即使生活辛苦，奶奶還是會細心地在頭髮上塗抹桂花油。梳髮時的她，散發著一種母性的美麗。」即使已是三、四十年前的往事，連結著味道的記憶依舊濃烈深刻，「還有，土地的味道。鄉間的午后，突發其來的一場大雨打在土地上，雨水混合著泥土的氣味，添加一股淡淡的草味，是我童年與同伴在農間草原野放嬉戲的記憶。」透過味道牽引出的記憶，總是繾綣綿密的情感，無論這氣味，是草味、堆肥味，抑或陽光味。

記憶中，老家的三合院中間有塊曬穀場，出大太陽的日子，大家都把棉被拿出來曬，小孩子玩躲貓貓，最喜歡躲進棉被裡——迷濛著眼神，蔡逸君思緒倒回數十年前彰化鄉下，曬穀場上洋溢著隔壁嬸婆與奶奶的說話聲，伴隨著一群小孩子們遊戲奔跑的尖叫聲，躲在棉被下的他，正用力吸著混合體味與陽光味的被子，「有種無憂無慮的幸福感！」

於是，味道深深影響詩人與作家。因為它無法複製，只能用文字描述去引起有相同經驗者的共鳴，讓縹緲的抽象，在筆觸延伸。曾經，花了六天五夜，蔡逸君用雙腳從台北走到彰化，尋找這塊土地的故事，紀錄這個島嶼的熱情，「在一個清晨，我經過西螺一戶農家，他們正將收割的青蔥擺放在門口，那種有點辛辣刺激，卻不濃郁的淡淡氣味，就像是台灣的味道。」剛收割的青蔥，有些許特有的甜味，並夾雜著辛辣和清新；在自己工作崗位上努力揮汗的人們，與外籍妻子一起撐起一個家，有文化的衝突，也有相互依存的共同生命力，對蔡逸君來說，這味道，就是一種質樸簡單的混合。

百味交織，穿越內在真相

導演　侯季然

曾有人形容，侯季然「儒雅的外表只是包裝，內在其實充滿奇思異想……」從他的作品，包括二〇〇三年獲台北電影節百萬首獎的影像《星塵15749001》、紀錄片《我的七四七》、《台灣黑電影》、《購物車男孩》，以及入圍多項大獎的首部劇情片《有一天》、《南方小羊牧場》，甚至是第一本文字創作集《太少的備忘錄》——果然，即使只從名稱，似乎就可以嗅出些許端倪——許多天馬行空的「奇思異想」，彷彿氣味般，就穿越在對於名稱的想像之間……

談氣味，這位年輕的「侯導」覺得，就像「**生活裡時時刻刻都很混雜，快樂不見得是絕對的快樂，傷心也不一定是絕對的傷心，都是混在一起的，而且隨時在變動著。**」生活中，混雜、揉合的味道，就像記憶裡外婆和媽媽做的飯菜裡總有一絲萬金油的氣味，仔細想想，倒不是常常被蚊子咬，而只是喜歡擦、喜歡那涼涼的味道。

而細膩、敏銳的創作者性格，也讓他對生活周遭難以比喻，有些說不清，卻又讓人感受鮮明的氣味印象深刻；比如季節變換或者八月時節，常有一種說不上來，豁然開朗的氣息，那是秋天的氣味；也像在五月，氣溫仍低，但在等公車時，會聞到一種很潮濕，甚或不知該如何形容的味道——原來，是夏天要來了！又或者，在他的嗅覺地圖裡，有一種特屬於夏天，混雜著各式食物的便利商店冷氣味。

甚至，複雜、混濁的，不一定是香甜美好的氣味，卻反而更能牽動記憶，勾引出腦海裡的場景，「走進菜市場，一種無法以文字言說的味道，不知是什麼成分，也很難分析，可是又有一種規律；肉味、菜味、魚腥味……，全都混在一起，非常非常複雜，可是又很明確。一聞，就會知道是菜市場。」溫文，果然只是外表，百味交織，才更是侯季然的內在真相吧！

長住鼻息間，隨行在世界各處

造型師 Roger鄭建國

因為工作，知名造型師Roger經常性往返台灣，打造明星的國際形象更是隨時必須面對的挑戰。他非常同意，氣味絕對代表了第一印象，因此，儘管他的工作與色彩、視覺的關係更直接、連結也愈大，他卻選擇戒除多年的菸癮，藉以搏得與造型對象零距離的貼近——因為指間濃厚的氣味成為了侵略性的阻礙，當對方出現防備，他所需求的信任便遠離了。

「戒了菸，對氣味的接收更加嫻熟。我向來偏愛木質調，穩重、沉穩，我也變得更加能體會置身其中的舒暢。」Roger尤其對金屬、礦物、木頭這類氣味特別敏感，也許因為Roger的母親是京劇名伶，當年來台灣，整套整套的戲服收放進樟木箱裡，隨身飄洋過海而來。每年一到濕熱的盛夏，就一套套拿出，披掛在日式大屋前的廣場上晾曬；樟木的芳香、布料的氣息，也就這樣長住在他鼻息間，隨著他到世界各處。

「砍了樹，製成箱，生命力卻依然存在。我母親這幾年將戲服都送給了學生，樟木箱空了出來，味道還是那般濃郁，沒有消散。」

日式料理主廚　歐子豪

人與人相遇，起伏交流的起承轉合

日本料理主廚Michael歐子豪，同資歷的料理人中，罕見的年輕。十六歲青少年時期就在紐西蘭展開生活，同時也開始接觸料理，從此，氣味對他而言就是種妙不可言的形容詞。

「氣味，我把它分成有形與無形的差別，更有著直接或間接的影響。聞到一款香味，你直接想起了蘋果，接著，你更想起在草原上或樹下奔跑的清新感覺……我認為，氣味代表人類對欲求的渴望，還有想像。」從小流連於英國、紐西蘭、日本、台灣等地，累積自生活中的豐富閱歷，讓Michael對氣味的定義自成一格，甚至也提出所謂「香氣的反調論」：在生命中愈缺乏的，愈被追求；愈想要的，愈化做永恆的嚮往。所以，身在鄉村，就渴望城市的繁華氣息。料理也有如此的意味，但對Michael而言，食材也不一定貴就是好：「從料理方式到擺盤、營造氣氛……每一個環節都會影響到廚師想呈現的感覺，**嗅覺更是其中關鍵，直接將來自內心的強烈印象發揮到極致。**」

曾在某一年，Michael站在紐西蘭大地上，瘋狂迷戀上草的氣味，儘管輾轉去了日本修習，也回到台灣創業，歷經多年，依然不曾遺忘，「**就是鏟過草之後，哇！對我來說，那是種非常難以抗拒的氣味，好想立刻俯臥在草原上深深呼吸。而那種跳進氣味裡的感覺，也成為記憶，固著地放在心裡。**」

儘管少小即離開台灣，但Michael並不洋化，尤其回溯起童年由外婆帶大的時光，當時就住在台北橋下迪化街旁，外婆總是牽著他走進巷弄裡，與那些叔婆姨嬸們串門子，「只要回想起那時候，就覺得最能夠代表台灣的味道，就是人情味吧！」因為對他而言，人與人相遇之後所營造而出的氣味，充滿了起伏交流、層次感，更有一種安心、安定、自在感瀰漫於生命中，起承轉合。

藝高文創總經理　林羽婕

直達心靈的直覺之旅

一如嶄新透亮辦公室裡川流的明快節奏，林羽婕——深耕視覺藝術多年，曾擔任當代藝術館副館長與華山文創園區副執行長，不僅說話速度快，彷彿前味鮮明的她，直接明快，對於氣味的選擇，憑依的也是直覺，沒有太多猶豫。

或許因為常年浸淫在藝術領域，她相信直覺是最準的，尤其直接觸及內心，涉及五感，跟創意、藝術相關的工作，一定要相信自己的直覺，味道尤其如此。但是林羽婕也坦言，過去曾認為視覺藝術跟氣味毫不相關，這幾年來逐漸瞭解，氣味其實是直達心靈的東西，吸進去就吐不出來了。藝術也是如此，「有時候是第一眼喜歡就喜歡上了，但有些則需要時間，而這跟心境、年齡、閱歷都有關係，可能三年前覺得奇怪的作品，三年後再看，說不定就可以跟藝術家走在同一個頻道上了。」

林羽婕笑說，小時候最喜歡甜甜的糖果味，慢慢長大後，因為環境、心情，喜歡的味道也愈來愈多元了。這也正如她從策展人身分，再利用高科技，結合藝術實體展覽活動、網路行銷與資訊推廣，要透過雲端網絡散播微知識串連自媒體，創造一個「藝術生活化，生活藝術化」的網絡平台，也讓藝術市場能從小眾市場邁向大眾市場。

或許，對芬芳多元氣味的接受，正如林羽婕對於藝術懷著百花齊放的期待吧！

悄悄被喚起的藍色巧拼意象

藝術家 賴威宇

「很神奇，就這樣被喚起巧拼的意象，還有畫面呢！而且是藍色的！」指尖、指甲上沾著油彩的畫家賴威宇，細細品聞過所有參賽作品後，孩子似地直呼神奇，有些氣味，勾引起他腦袋中許多對應的熟悉，包括油漆的氣味、牙醫拔牙時的氣味，尤其巧拼，更讓他有種浪漫的連結感！

賴威宇的所謂浪漫，**「就是我的注意力完全放在這些氣味跟我記憶裡的關係，一直在追尋自己好像聞過那個味道……」**而這過程，就像他在創作過程中，雖然完全投注在自己過去的經驗、記憶裡，但當局者迷，反而沒有意識或理解到自己究竟有多在意這深藏在記憶深處的事或物。

透過味道的勾連，賴威宇才赫然發現，原來自己這麼在意巧拼！「**第一次透過味道這種方法回想起過去，我覺得滿酷的！**」雖然過去從未接觸過精油，甚至對於味道的相關形容也完全沒有概念，但賴威宇敏銳的藝術心靈也發覺，氣味的奇妙與藝術的創作與欣賞其實很相似，因為都很直接、很感官，與內在經驗相連結，所以特別吸引人，如果在個人的生命裡曾有過類似的感覺，那麼，可能就會在接觸的那一刻，瞬間被開啟、被喚醒……

腦海深處的生活記憶庫

獨角獸計劃創辦人　李惠貞

「味道很主觀，而且很立即，一聞到，會經相關聯的感覺或想法就跑出來了。尤其是感官跟記憶的關係，也許有一天你已經忘了那事件本身，但是，當聞到那味道，記憶就會被召喚回來，而且，可能是你都還沒辦法去理解自己的心情是開心或難過時，記憶就已經先出現了。」一身清新雅致的李惠貞，微笑著說道，自己偏好清新淡雅的氣味，譬如淡淡的茉莉，聞起來就會讓她覺得神清氣爽，心情很輕鬆、正面；但有些味道，引發的聯想太鮮明，甚至聞起來像日常使用的防蚊液、綠油精，太直接，或者太濃烈了，就不在她的選擇之列。

之所以會對清新味道情有獨鍾，李惠貞說，因為從小鼻子過敏嚴重，對味道非常敏感，包括空氣的變化、冷熱的變化、味道的變化，鼻子都會先知道，**「我小時候很怕香水，因為很多香水都是化學成分，對我來說太刺激了，一聞到，就開始打噴嚏，就會不舒服。」**幸好，長大後鼻子的過敏狀況有所改善，對於味道也比較勇於嘗試，再加上從事雜誌媒體工作，甚至曾經做過香氛專題，有了更多接觸，更覺得不該封閉味道這扇窗，**「多開發自己的感官知覺是很重要的，不然生活會少掉很多樂趣。」**

調香基本上就是一種設計，設計則離不開生活、離不開人，所以對李惠貞來說，調香設計者，應該都是很敏感的一群人，不僅要對所使用的素材、所調理的精油有相關專業知識與深刻理解，另一方面，對於香氛使用者的感覺，也應該會比一般人更細微，也更能察覺不同氣味間細緻的差別，「任何與設計相關的東西，都要很關注人、關注生活，尤其是跟五感或六感有關的，一定要對感受比較敏銳。」

正如既是盲者又是失聰者的海倫．凱勒所說，「嗅覺是無所不能的魔法師，能送我們越過數千哩，穿過所有往日的時光……當我想到各種氣味時，我的鼻子也充滿了各色香氣，喚起了逝去夏日和遠方秋收田野的甜蜜回憶。」李惠貞認為，生活中的氣味，其實就是一種留存記憶的好方式；亦即在生活過程中，讓氣味相伴隨，不僅能帶來片刻的開心，生活的記憶更能隨著那味道儲存在腦海的某個角落！

作家　蔡詩萍

乳香，全世界最迷人的味道

被譽為才子的蔡詩萍笑稱，走過花花綠綠的卅多歲後，娶了嬌妻，有了女兒後，才發現自己與女兒之間有密不可分的情感；這個小生命的誕生讓他發覺，**「乳香味是全世界最迷人的味道」**，正因女兒對他來說，重於所有一切，即便是那種不設防的吐奶味、奇特的奶酸味，都讓蔡詩萍有許多愛的感受。

「走在人生中點的四十七歲，才擁有這個小寶貝，終於讓我覺得原來生命並不淒涼，對於天，我充滿感謝。」眼珠閃著光芒，蔡詩萍開始回憶起他與女兒的點點滴滴，偶爾時說到激動處，眼眶不時冒出水珠。對於具有多愁善感詩人性格的蔡詩萍來說，女兒所經歷的每一天、每一個腳步，他彷彿都有不同感受，也感到格外寶貴，他很慶幸自己沒有錯過這些重要階段。

對於生命的美好，蔡詩萍也有另外一種解讀——年輕時候，他認為時光無限好，美好的事物會不斷出現在生命歷程當中。但到了中年，他常覺得人生無法回頭，美好的事物可能都會消失，即便再來一回，也不如最初的美好。他說，或許就是明白了美好事物可能都會消失，不會再來一回，所以讓他更加珍惜與女兒的相處時光。

珍愛女兒的心情，讓蔡詩萍將乳香味視為全世界最迷人味道的感受，除了是蔡詩萍寵愛女兒的最佳註解，應該也是絕大多數父母共同的感受吧！

舞蹈家　劉紹爐

柚子花香結合牛糞味的童年鎖鑰

剛與舞團練完舞，一臉紅潤氣色，與結實的肌肉曲線，光環舞集總監劉紹爐，彷佛一位修行的高人，怡然自得地走在舞道上……這位編舞已超過卅五年的大師級舞蹈家說，要跳出身、心、氣合一的境界，呼吸是最重要的動作，「想**像自己成為海浪，在每一次呼吸之間，身體隨著波浪擺動；大旋轉是氣的流轉，也是身體的流轉，讓身體融入氣中；大氣中有種ENERGY在流轉，舞者可以用自己的生命力轉出ENERGY。**」讓舞者練習「氣」，就是要感知與身體結合時，氣在體內流轉所帶來的能量。

風聲、土地和陽光一直是劉紹爐創作的靈感源泉。他說，小時候很喜歡在田埂上翻筋斗、在稻田裡打大車輪。上高中以前，他完全不知道外面的世界究竟如何，唯一熟悉的，就只有大自然，「創作者要常回歸到童心，童心是小時候的記憶，回歸了，也就自由了。」

大自然中的氣味，是他終身難忘的，「前幾年，曾無意間聞到柚子花香結合著牛糞味的一股淡淡氣味飄來，一瞬間，我馬上掉下眼淚。這味道牽動我深藏內心的童年記憶，那是幼年時光無慮地在田野間奔跑、成長的回憶。」也因此，劉紹爐說，將來，他希望回到山上，蓋一間房子，繼續在山林擁抱間跳舞，「我希望回到大自然。藝術與宗教其實很類似，要與大自然結合，讓小我融入大我之中。」

以蘋果的清新氣味開啟每個美好一天

魔椅創辦人　簡銘甫

喜歡海洋的氣味，喜歡在不同城市記憶每個國家的氣味，喜歡新鮮蘋果的香氣，偏好德國天然香皂，不用香水，卻眷戀舊家具新生的氣息……經常走訪德國，尋覓老家具的魔椅老闆簡銘甫，自認是個視覺型的人，卻常在不同氣味中找到感覺記憶。他認為，當嗅覺與腦中記憶庫相連的同時，彷若「似曾相識」的電影場景就會浮現，就像是上輩子曾經相遇過，如夢似真。

走上舊貨生意，簡銘甫放下自己的完美主義，浸淫在二手家具的世界中，他追求陳舊與清新交混的氣息：老的線裝書有一種塵埃氣息，老布匹有染料的霉味，而在二手五斗櫃中的清洗氣息，常讓他激湧出「感恩」的心情，因為這代表二手貨品已經被基礎清理過。

一路以來，簡銘甫以視覺為思考，而嗅覺則扮演著情感的記憶。而在被氣味包圍的生活當中，簡銘甫最喜歡的是蘋果的美好氣味。不僅小時候特別愛喝蘋果西打，直到現在，仍然維持每天一顆蘋果的習慣，正如西方諺語所言，「一天一顆蘋果，醫生遠離我。」蘋果的清新氣味，就樣朋友一樣，陪伴他每日早晨，也開啟每個美好的一天。

嗅覺，建築第六感

建築師&藝術家　蕭有志

任教於實踐大學建築系的蕭有志，有別於其他建築師，喜歡透過許多不同的「微型空間」，以跨方案形式，連結各種人、事、物等資源；相較於一些只在意空間規劃，蕭有志更在乎的是人、都市與建築之間的關係；他似乎更願意放棄造做得華麗，回歸到建築以人為本的根本。

蕭有志對精油並不陌生，因為太太就是精油的愛用者，但是，**「我太太喜歡的味道，就跟我喜歡的相差非常多，有時候她會拿著香水對著我噴，我會瞬間有被攻擊的感覺！」**他笑說，應該也來試著調香，當下次太太再用香水發動攻擊的時候，就可以加以反擊。

對於建築專業的蕭有志來說，香氛或者說嗅覺，其實也是建築系上的課程之一，「我們大一的課程裡，就有一堂叫『建築六感』的課，我們會找芳療師來為同學上課，甚至把學生大帶金山或石門海邊，或者樹林間，感知周遭環境，包括嗅覺與整體感官的相關動作。」

嗅覺，是最沉默無知的知覺，但世上卻沒有比氣味更容易記憶或發揮想像的事物了。就如同建築，兼具實用功能與美學價值，並涵括著許多不同層面的知識與不同問題，任何一個元素加入其中，就會引發各種有趣的變化。而建築與調香的共同處，其實就在於對人事物的極度敏銳與想像力。

「做建築必須五感通達，也就是要很敏感，要有很強大的想像力。整個建築教育的過程，就是在建構這種能力，必須要在東西還沒做出來之前，就去想像那個狀態……」這話聽來，還真是挺熟悉的吧？似乎就在描述調香過程一樣呢！

色、香、味：美的空間三元素

空間魔術師 Patch

尚未走進Patch所開設的Grace DECO，就能看見門口前庭妝點得優雅閒緻的庭園，尤其在一整排水泥建築中，格外顯得溫暖而美好。

生長在鄉下的Patch，說自己小時候的生活並不富裕，「在那個物資拮据的年代，小孩子常必須到山上撿木材回來生火煮飯。在拾撿木枝時，圍繞的樹枝味道，不全然是乾淨的木味兒，還夾雜著潮濕的土味。但我心裡卻充滿期待，因為待會兒將木材帶回去，就有熱熱的食物可吃，以及熱水澡可以洗了！」那是一段純真的童年歲月。

雖然生活中的物質條件貧乏，Patch卻也因此對熱愛的花草植物有了一套深入研究，**「野薑的生命力很強，拔掉她的花朵，她還會在同一處長出新的花蕊，而且可以長三次，有水，野薑就能長得很好，這不是很令人驚喜嗎？」**Patch還知道，野薑花加肉絲、薑絲拌炒，再加入一丁點麻油，可是一道可口道地的台灣料理呢！

在Patch的觀念中，美的空間，包含著色、香、味三種原元素，**「就像是美食要色、香、味俱全，空間佈置也同樣要兼具色香味。」**Patch的夢想，就是幫別人完成他們的夢想；在他的世界中，每個人都有對生活、對品味、對視覺或深或淺，以及感官或濃或淡的期待，而Patch的最大願望，就是希望別人的願望能透過他的手，一一實現！

Sandalwood

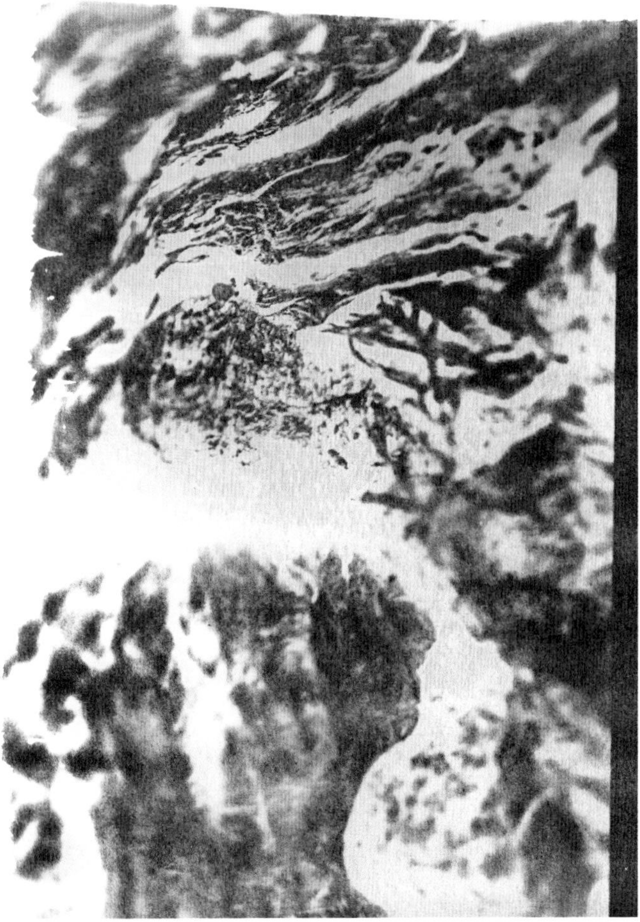

Disguised behind a solemn and dignified appearance is a warm and gentle calming fragrance.
Sandalwood might pass right by you if you're not looking for it,
But it will lead you to a deep peace within.

ath delicate leaves.
co-just like that,

The amber-colored tears shed by damaged bark,
Pain and time combine to create a sweet,
Honey-like extract.
Only those that have been hurt before can provide such genuine warmth.

Benzoin Absolute

Vetiver

Stoic, and restrained, you'll find strong roots concealed ber
A vigorous breath of earthy soil and a hint of burning toba
Vetiver draws us back into the world,
Back from a life of aimless wandering.

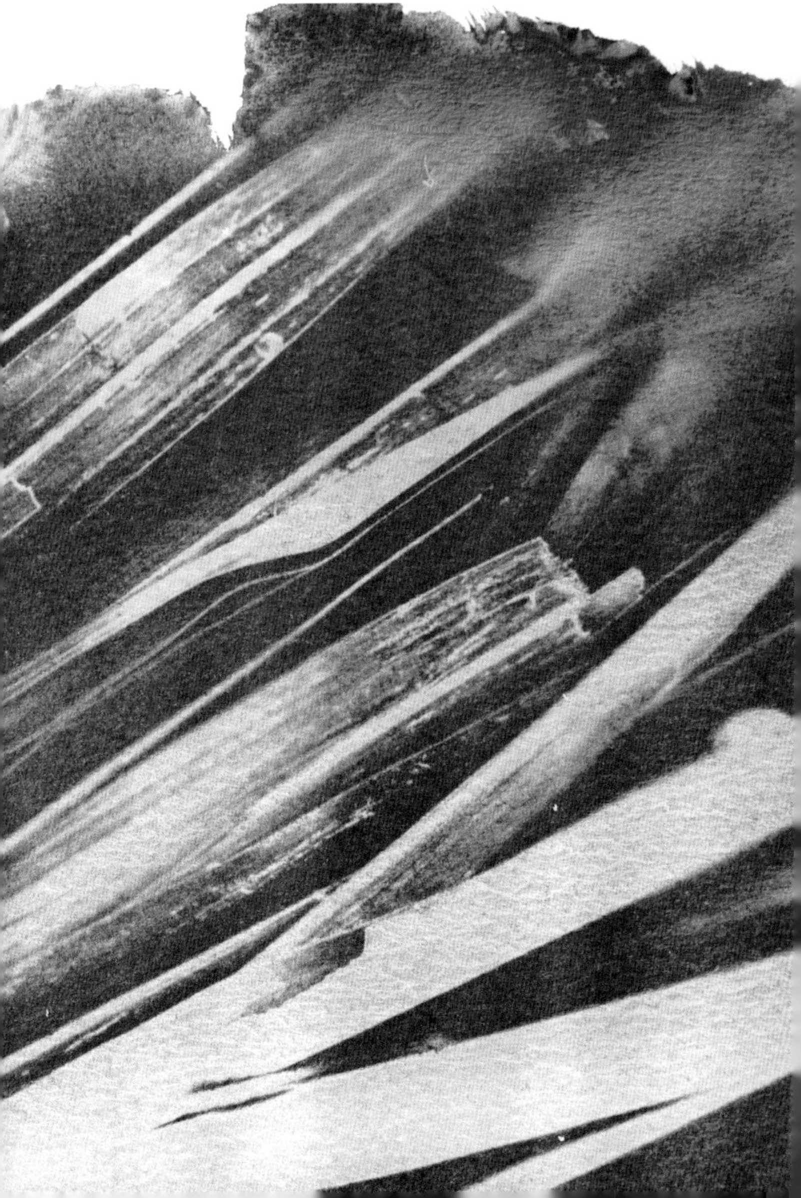

底調

Content_*o*3　Base Notes

彷如來自靈魂深處的低音符，

或熱情，或淡然，或輕鬆愉悅，或悲壯沉重，

繁華落盡，真我本性全然畢現，

毋須偽裝，毋須逃避，我就是我……

建築師　安郁茜

進入嗅覺蠻荒之地

身為台灣知名女建築師，安郁茜眼觀四方、耳聽八方、口才便給，但對於嗅覺，卻自認仍處於「蠻荒之地」。她認為，我們從小被訓練閱讀、書寫的文字能力，但在嗅覺的感官領域，卻沒有任何正規訓練，所以，大多數人對於氣味，大多停留在很本能、很原始的感受階段，這是很可惜的一件事。

也許身為建築師，對於空間特別敏感，環繞著空間，無處不在的陽光、空氣與水的相關氣味，都讓安郁茜感受特別深。即將下雨時，空氣中瀰漫的濕暖氣味，以及曬過太陽，蓬鬆溫暖的棉被氣息，也都是她所喜愛的。

回憶起第一次對氣味特別感動的時刻，安郁茜笑說，大一那年離開台北到外地求學，週末搭客運回家，一路上昏睡，但是當車子駛近台北市區，一股「廢氣感」的城市味道迎面襲來，她立刻驚醒，直覺反應「到家了」！安郁茜形容，那是一種融合了行道樹的氣息、下水道廢水的臭味，以及汽機車廢棄的味道，並不好聞，但仍記得當時聞到這種「廢氣感」時，居然有一種深深的感動！或許，正因為這氣味所連結的，正是她生長所在的城市，喚醒了回到家的情愫吧！

究方社總監　方序中

更直接進入
內在世界的有趣設計

從專輯設計跨界到舞台劇視覺創作的方序中，雖有一副酷酷的外表，但不疾不徐的說話語調裡，卻有種暖暖的溫度。說話速度不快，方序中喜歡的味道也是慢的，就像他認為，一件好的設計作品，不應該只是讓人驚呼讚嘆後，便轉身離開，而是願意多做停留。所以，對於氣味，他更在意的是後味，**「我比較偏向當這個味道在跟你相處過後，剩下來的東西。」**

喜歡皮質或木質味道香水的他，很喜歡聽銷售人員分享香水設計、發想的故事，因為在這過程裡，彷彿也可以進入那個想像的畫面似的，即使沒有聞過那個味道，也好像讓自己參與了那個故事，**「我自己使用的香水是小提琴師傅的味道，雖然我不懂小提琴，但我很喜歡想像那個畫面。」**因此，受邀擔任調香評審的他，對於每位參賽者的文字內容，不管是激勵自己的、懷念的、充滿好奇的……，一則則故事，他都細細品味著。

對方序中來說，嗅覺是另一種有趣的設計方式，而且是因為「要解決某件事」而誕生的，可能是要揮情傷、療身體、想放鬆，或者刺激自己進入某一種境界，甚至，相較於視覺、觸覺的設計，嗅覺讓人更直接進入內在世界。

也因為味道的直接，人與人之間，可以不用講話，就會知道彼此能否相契合，能不能聊很多，而這也就是方序中所謂的「氣味相投」或「臭味相投」！

植物建築師　李霽

聽見植物
不同說話的方式

以植物為主，融合空間與建築各層次的碰撞與搭配，讓植物不再是默默站在角落的一個配角，甚至開始有了自己的語言，侃侃地和城市空間、和人對話，展現各式各樣的可能性，並引發人們對美的感知與思考。而這神奇的創造者，便是創立「質物霽畫」的植物建築師李霽。

植物用不同的方式說話，也用各式各樣的味道傳遞訊息。喜歡用植物來表達故事的李霽，當然不會錯過，**「我覺得味道很重要，工作的時候，會讓一些味道環繞在身邊，比如咖啡的味道；我也會點一些精油，氣味比較原始、比較重一點、比較厚實一點，感覺比較像在聞泥土的味道。」**工作時候，除了空間、工具的擺設，以及聽覺的氛圍要適合當下的心情之外，植物根莖裡散發著大地的氣味，更能帶引他進入所需的主題情境。

果然是植物空間建築師，有空間、有畫面的情境，才是最吸引著他的。

音樂製作人　王治平

音樂般，具有跌宕轉折的情感衝擊

「或許，我沒有辦法很清楚地說出一個香味的緣由，或者去形容它本質散發出的感受；對我而言，是因為當下的情感特殊，所以呼吸到的氣味，就共同成為記憶裡最深刻的一環。多年以後再聞見，那些過往就又回到眼前。」王治平徐緩回想小時候與外婆同住的苗栗舊厝，在那有些晦暗的老房子裡，隨處散落著神壇焚香與舊家具的過往氛圍，和城市裡的簇新感截然不同，卻也因此，在緬懷的記憶輪轉裡，有些曾經深刻的氣味更顯得特別突出。

「不知道為什麼，小時候我非常喜歡公車排放出的廢煙味，總會等著公車搖搖晃晃離開後，跑上前去深深呼吸那個味道。可是現在都市中的廢氣簡直令人作嘔，所以我常在想，究竟是

什麼緣故？」或許因為年幼時的無憂無慮已經遠離，那奇特喜愛也再無法複製，因而成為埋藏心中的美好時光。

對一個長年投注於音符、旋律間的音樂製作人而言，對於氣味最好、最精確的形容方式，也莫過於以音樂來比擬吧！王治平認為在音樂之中，最能夠代表道地台灣味的，是有些country，也像「捕破網」那樣穩重又綿長的古早音樂，「**覺得音樂和氣味實在太像，只是接收的感官不同，它們同樣具有複方的成份，同樣具有轉折的情感衝擊，同樣深深影響著我們。**」視音樂如同生命的王治平這樣譬喻著。

古典音樂雜誌發行人　孫家璁

即使無法想起，依然是重重堆疊的懷念

每個人懷念的青春歲月不盡相同，對於MUZIK古典樂刊發行人孫家璁來說，廿六、廿七歲在紐約學習音樂的日子，就是他極其美好的歲月，回憶當年，「**有天晚上，紐約停電了，當時我很想念台灣，那種感覺就如胡適所寫的《也是微雲》意境，我靜靜地閉上眼睛，耳邊彷佛柴可夫斯基第五號交響曲、第二樂章響起……**」交織著鄉愁的情緒，是孫家璁當時最美麗的負擔。

在國外接受音樂教育期間，孫家璁受到豐富的知覺啟發訓練，也讓他意識到，台灣的音樂教育強調絕對音感，但西方音樂教育卻著重在相對音感訓練，而這種訓練能夠讓想像力無限延伸，讓表達情緒與畫面的能力更為豐富，換句話說，就是在聆聽一段音樂後，將之與故事、畫面、氣味、顏色……等，加以連結，藉由這樣的啟發教育，讓知覺能力更具聯結性，也拓展更多可能。

自幼學習小提琴，師事宗緒嫻、林暉鈞、Shinwon Kim、Holly Horn以及Elizabeth Chang，琴弓上，松香的溫和、粉粉、淡淡的氣味，也一如孫家璁給人的溫文感受。對孫家璁而言，音樂、氣味、視覺都具有聯帶的勾動性質，就像他對母親的懷念。即使母親的香味是一種想不起來氣味，卻堆疊了重重情緒，有哀傷，也有快樂，因而自成一個記憶角落。

細微而豐富，是一種想念

生活美學家　謝小曼

「在我生命中，最重要的，大概就是茶香了吧。市面上有各式各樣的茶，都蘊藏了截然不同的香氣，包種、凍頂、白毫，除了種類之外，還有烘培時的輕重之分。而每天的聞香、品香，總能夠觸發我最大的感動，那就是我最熟悉的氣味。」言說之間，謝小曼臉上滿是嚮往神情。

賞花、玩陶、擅長書法及室內佈置，更對各式料理愛之入骨，豐富而多重的學養，更讓謝小曼感受力大開，彷若天賦。但至今難忘，生平第一次捧著那溫熱的、充滿新春氣味的鐵觀音，濃郁的茶香，恁是比所有事物更單刀直入地，狠狠扣她的心……那樣的氣味，讓她回想起大湖老家天然蜿蜒的羊腸小徑與茂密竹林、熟成的稻穗和結實纍纍的龍眼、清晨的水田泥地與黃昏時的家屋炊煙……各式細微而豐富的味道，糾結又散開，是縈繞不休，卻又如此巨大又樸實柔軟。是一種想念。

雖然童年的時光已然遠去，輾轉異鄉多年，再回到故鄉，每當晚餐時分走在街道上，窗縫中逸出色香味俱全五花肉的勾人香氣，那種無上的幸福和柔軟，就是心目中，最原始的台灣氣味，「當空氣是寧靜的，房子裡是笑語處處的，在那樣的氛圍當中飄出食物的香，其實就表達出一種思緒裡的鄉愁，因為只有回到家，才聞得見。」

私密而小眾，不可預知的躍躍欲試

劇場導演　魏瑛娟

「熱牛奶泡硬餅乾——每當放學回到家吃點心時，那個味道都可以傳得好遠好遠！」魏瑛娟語氣興奮，彷彿剎那間回到了當年。牛奶，自然不是昂貴的鮮乳，而是奶粉沖泡的；所謂的硬餅乾，則是紮實的營養口糧。這兩樣簡樸的食品饜足許多都市孩子晚餐前的小小飢餓，而那遠遠散播的溫暖氣味，同時也代表了雀躍回到家後的身心飽足。

或許因為在台北土生土長，魏瑛娟特別喜愛不在水泥叢林時的清淨。有回造訪京都，在銀閣寺內偶遇了一股奇特氣味，那與山水庭園極為合襯的沉靜，使她聯想到泥土與草木的天然幽緩。從此，每當夜晚進入臥房，她便會點燃薰香，在氤氳中，自在地一呼一吸，安然入睡。

投入劇場工作，在烏托邦般的虛實飄浮中尋覓。但關於嗅覺，魏瑛娟認為在劇場表演上，依然處於未被開發，又令人躍躍欲試的狀態，「因為氣味是如此私密而小眾，參與者喜好的無法捉摸與主觀，都會影響到最終結果，國外表演雖有前例，卻也用得保守；但也就是因為這樣的不可預知，才令人感到非常期待。」

至於台灣氣味，「是玉蘭花，基本上它算是國民香氣了吧，在那個人民經濟尚不餘裕的時代，它遍及家中、宗教、計程車……等場所，隨手可得、隨處可見。」在魏瑛娟眼裡，那種歷久不衰的韌性，就是她心目中即使時光輪轉也不會被淘汰的，台灣印象。

藝術家　陳雲

有畫面有色彩，並且抽離現實

陳雲，伊日美學首位代理的藝術家，外貌清純如學生，運用蒙太奇般的剪接手法，描繪潛藏在意識深處的記憶，「低首。漫步於凝滯待解的過往」、「凝。在闇夜夢境中閃動的複數交映」……每一幅畫都呈現如詩般呢喃絮語。

除了對每瓶調香作品細細聞嗅，細膩、敏感的藝術家心思，也讓陳雲對於參賽者的文字描述特感興趣，**「我會看他們所寫的文字，再去想像那個畫面；那可能是記憶中的畫面，或是電影中的畫面，突然間，『啪！』似的，或許就會有個場景讓我感動。」**因為是以「更好的你」為主題，所以許多參賽者的文字敘述中，描寫的是自己即將重新開始，或者想要有一個全新的感覺，陳雲說，讀著這些文字，她會看是否跟調出的氣味相吻合？而且，與之契合的氣味，陳雲認為應該是較輕柔的，而不是濃烈撲鼻。

不過，陳雲也很明白，氣味、文字、感覺，其實都是很主觀的，所以她會試著將自己融入參賽者所描述的感覺之中，感受與氣味之間的關聯，**「我有特別挑到幾支，文字內容寫到獨自一人要面對很多事情，也希望自己能回歸到最初或較平靜的狀態，因而調出這樣的作品。」**這樣的調香心情與狀態，陳雲認為，就如同藝術創作般，全然屬於個人，其實是很孤單的，所以必須有一顆堅強的心，也因此，讀到參賽者的這種文字與調香創作，她也會特別有感覺。

人通常因為有所感覺，而有欲望，也因而興起創作之意。或許也因為如此，陳雲說自己創作時也會使用精油，而且在不同狀態下會用不同的精油，**「我自己會覺得，不同精油會帶領心情到另一個完全不同的狀態；大概是因為聞到味道，會有畫面的關係吧，並且會有抽離現實的感覺。」**但陳雲也強調，無論是調香或藝術創作，不管是對觀者或創作者本身，都是很主觀的，把握當下的感覺，盡力發揮就對了！

音樂人　王俊傑

音符裡的人間喜悅悲愁清香味

從一出生就看不見，全盲的王俊傑必須在黑暗的世界中體驗生命，所以有著更加敏銳的非視覺感官，「**就像天氣不同，溫度與氣味也會不一樣；天氣晴朗時，空氣聞起來比較清新，雨天的空氣比較重，味道酸酸的。**」

從十七、八歲就開始創作音樂，王俊傑對於創作方向並未設限，他說，「**創作是我紓發心靈的出口。**」但創作、編曲都必須接觸到大量而複雜的機器，雖然無法看見，王俊傑卻憑著他堅決的意志，一一克服。現在的他是許多人指定的音樂編曲，也成為眾多活動邀請的音樂總監。看不見，對一般人來說，可能是一條艱辛的學習之路，他卻說，「**也許這就是我的幸福，因為不會看過，所以不會陷入當中而感到悲觀。許**

多事情確實無法獨立完成，這是先天的限制，就坦然面對。」王俊傑相信，只要活著，任何可能都可以嘗試。

從十七、八歲到廿二歲左右，是他創作最豐富的時期，「那段時間，生活非常窮困，但那個年紀的生命力卻非常旺盛，當時的我有著風花雪月的浪漫創作力，但心情卻很沉重，因為還不確定自己未來的路，我常在安靜的巷弄中散步，讓鼻子吸嗅各種味道，讓皮膚毛細孔去感受空中的溫度、濕度的變化；有了某種觸動，就會坐在鋼琴前，將樂符拼湊出我想要的旋律，那種氛圍再搭上白人的爵士樂，就像我的心。」於是，將人間的喜悅悲愁、清香濃味兒，轉化為一顆顆音符，並注入自己的靈魂，透過指尖的躍動，融入琴音之中……

建築學者　顏忠賢

混合了所有童年時光荏苒餘緒的香氣

夢中，最奇怪的是，所有彷彿凝結的時光，我竟然一直聞到一股古怪的香味，彷佛小時候在長壽街老家天井常聞到的一種氣味，老樟木雕刻的二樓女兒牆曲弧可倚欄杆的樟樹木頭味，姑婆在天井種了一輩子的盆栽花種的種種朱蕉、盆菊、蝴蝶蘭、常春藤、山蘇、非洲菊、杜鵑、鹿角蕨、彩紅竹蕉、巴西鐵樹、秋海棠、火鶴花、虎尾蘭、黑葉觀音蓮、非洲堇、黃金葛、繡球花、白鶴芋、春石斛、鐵線蕨……太多太多那麼混種混味的花香。還有四姑和媽媽在神明廳點香拜觀音菩薩做早晚課的鹿港沉香環緩緩燒出的煙霧彌漫的香氣，還混著廚房拿出來所有潤餅包剩吃不完已酸臭的剩菜，加上餿了的更多熱菜肉湯燉雞獅子頭魚骨鴨頭的混一整鍋的廚餘，還間或摻著西瓜皮香瓜子甜水已然悶熱腐敗的怪味種種……太多太多，但是對我而言不知為何卻異常地香。

我不知道這老家是什麼時候改建的，也不知道怎麼會蓋成這樣，甚至，我不知道我是怎麼回來的，或為什麼回來。但是，我到的時候，所有人都已然到很久了，甚至，那裡頭卻正在辦某種極盛大慶祝著我不明白是什麼的聚會，後來才發現那像是一個吃潤餅的古怪派對。一如多年來每年清明時候才有的光景，因為大家一起掃完祖墳回來，在拜了一輩子了的一樣還是永遠太熱又太遠的八卦山後山墳場，一路走一路找墓，最後到了祖父和太祖父和更早顏家祖墳的墳頭，女人們去燒點線香，安放一大堆扛山上的牲禮貢品讓一大堆蒼蠅在拜的時候就會圍過來一起吃，小孩們去壓又黃又紅的一疊疊成行成列的粗糙冥紙，男人們開始整那整年沒打理的墓地，砍雜草甚至長出的樹根樹頭，拜祖先也拜后土，每年我都記得那太老的叔公在最高的地方抽難聞的黃長壽煙看太藍長空也看太忙的子孫繼續忙。反正，最後總是在回到老家後大家全身汗也全身髒兮兮地正等著吃潤餅，那天井中的老長桌上還竟然就放滿了太多潤餅料放滿了的圓瓷盤的香味。

就在我墜落前還沉湎於這種混合了所有童年時光荏苒餘緒的餘味的香氣之中，我還看到，一整家族般的密密麻麻混身如撒落的花生粉或炫目陽光般金黃的果蠅就從那打開的黝黑袋口展翅飛翔，往崩塌但仍烈日當空地如此華麗的天空彩霞末端那麼燦爛輝煌地群飛而出。

新聞主播　陳雅琳

永遠也忘不了災區那碗粥的淡淡米香

九二一地震，主播陳雅琳新聞生涯中，最深刻的經歷之一，「地震發生後，災區所有資訊都無法出來，沒有人知道到底災難有多大，我們只能前往現場把新聞發回電視台。愈接近台灣中部，場面愈是驚心！到後來，只要是車子四個輪子可以通過的路，就繼續往前走。沿路上就以口耳相傳的方式，打聽往內還有沒有村鎮居民；只要有人指著方向說，往哪走還有什麼村莊有人住，我們就繼續走，一直到了中寮。」

「抵達中寮時，眼前所見的視野，沒有一棟建築物是完整的。」置身災區，每一刻都宛若漫長的一天；被抬到醫院裡的傷患，逢人就哀求去救他們還困在瓦礫堆下的親人。陳雅琳和工作夥伴們將現場所見所聞拍攝、採訪、剪帶傳回電視台，整組人馬凌晨從台北出發後就沒再吃過一口食物，直到傍晚，一群在操場避難的倖存者，從倒塌的屋瓦下找來白米，煮了一鍋粥，粥裡只加了一些鹽巴，邀請他們一起去吃，「這些失去家園、失去親人的災民，還分了那碗粥給採訪組，我永遠也忘不了當時手捧那碗粥時，所聞到的淡淡米香。」

在台南成長，從小就喜愛繪畫的陳雅琳，對於兒時奔跑遊玩的樹林、海風，有著強烈的情感，「以前我常常背著畫袋到樹林裡寫生，感受自然的沉靜、樹林裡帶些濕濕的土味、草味，就是我成長的一部分。台南的海岸線很長，我還會自己騎著腳踏車到海邊畫畫，海風的味道也很舒服；有些海風帶著蛤仔的鮮味，有些則是很鹹很鹹的海味。」說著說著，陳雅琳的思緒彷彿回到童年時光，「對了，還有番薯的味道，直到現在，每每在路邊聞到人家賣烤番薯的香味，我就會想起小時候的生活，那是我童年的味道。」

節目主持人　何戎

淡淡餘味，就像親情延伸出的愛

「如果氣味可以像聲音、影像那般錄製下來，我希望找回童年時，已逝父親頭髮塗上賓士牌髮霜的味道。」曾任新聞主播的節目主持人何戎，氣味對他而言，是一種情感的連結，也因為他自認不是專業調香師，因而對於味道，會融入大量的感性因子。

「小時候，每當聞到那種強烈的髮霜味道，即使是坐在椅子上低頭寫功課，我也可以在腦中想像，房裡的父親正在用扁梳將塗上髮霜的頭髮，左右分邊地梳得整整齊齊，一絲不苟。」而當父母親出門，躺在父母房裡午睡，「枕頭上所遺留下的淡淡賓士髮霜味道，會令我感到安心。」甚至，何戎發現，自己最喜歡的，其實更是消散後的淡淡餘味，那就像親情延伸出的愛的餘韻……

也許是父母對於家庭生活重視的影響，何戎也在廿七歲即步入禮堂，與妻子之間，就像廚房裡，山東饅頭剛蒸好的水蒸氣氣味，與大火快炒台菜的油煙味的混合；雖來自迥然不同的文化背景，卻和諧融合出一個溫暖的「家」的氣味。

而經常主持時尚節目、採訪明星藝人，何戎形容時尚演藝圈，「就像一個裝滿各式各樣香水的大房間，」裡面有著上千上萬種香水味，多數人一開始被這濃郁的味道所吸引，但是進來後，卻不見得能找到自己真心喜愛的那一瓶，「**唯有讓心靜下來，才能聽到內心最真誠的聲音，找到屬於自己的氣味。**」

那麼，專屬於你的氣味地圖又是甚麼呢？

氣味島

作　者　伊日美學生活
美術設計　霧室
總 編 輯　黃禹銘
主　編　田麗卿
行銷企劃　邱翰中

出版者&發行　伊日股份有限公司
地　址　台北市南港區八德路四段768巷1弄18號4樓之1
電　話　(02) 2786-5880
傳　真　(02) 2783-3759

印　製　呈靖印刷

ISBN　978-986-89167-1-5 (平裝)
定　價　380元

國家圖書館出版品預行編目 (CIP) 資料

氣味島 / 伊日美學生活著．一台北市：
伊日，2017.10 面；公分
ISBN 978-986-89167-1-5 (平裝)

855　106017146